RÄTSELHAFTE GESCHICHTE

FORDERE DEINEN GEIST MIT 25 HISTORISCHEN RÄTSELN HERAUS

Texte von Ana Gallo

CV

HERZLICH WILLKOMMEN ZUM BUCH DER RÄTSELHAFTEN GESCHICHTE

Die Geschichte steckt voller kurioser Rätsel, auch wenn wir uns die Rätsel in diesem Buch ausgedacht haben. Sie beruhen zwar auf realen Begebenheiten und Personen, sind jedoch nie so passiert. Wir wollten einfach, dass du dich auf spielerische Weise in andere Epochen hineinversetzen und dabei dein **logisches Denken** und deine **Vorstellungskraft** nutzen kannst. Gerade diese beiden Fähigkeiten haben der Menschheit zu großen Fortschritten verholfen ... und können auch dich sehr weit bringen.

WIE KANN MAN DIE RÄTSEL LÖSEN?

Am Anfang jedes Rätsels findest du ein Symbol, das dir zeigt, wie du zur Lösung kommst: mit **Logik** oder **Fantasie**.

LOGIK   FANTASIE

LOGIK ANWENDEN ...

Bei den Rätseln, die mit zwei Rädchen gekennzeichnet sind, findest du im Text und in den Zeichnungen die Informationen, die du für die Lösung brauchst. Auch wenn sich nicht alle Logikrätsel auf dieselbe Art lösen lassen, empfehlen wir dir, folgende Schritte zu beachten:

- Lies alles einmal durch und achte auf die Zeichnungen.
- Lies noch einmal alles durch, achte auf die Details und analysiere die angegebenen Informationen Schritt für Schritt.
- Verknüpfe Ideen miteinander: Schließe von einer Information auf die andere.
  Manchmal musst du vielleicht Dinge wissen, die vorausgesetzt werden (das gibt mehr Punkte!).

BENUTZE DEINE FANTASIE ...

Wenn du das Glühbirnensymbol siehst, heißt das:

- Dass im Rätsel eine ungewöhnliche Situation geschildert wird und die Lösung überraschend ist.
- Du kannst die Antwort nicht aus den Infos ableiten, die in der Geschichte gegeben werden. Kleiner Tipp: Halte nichts für selbstverständlich!
- Diesen Lösungsansatz nennt man auch »Querdenken«, denn es geht darum, das Problem aus einer anderen Perspektive als der gewohnten zu betrachten ... Ohne Logik!

DAS PUNKTESYSTEM

Die Rätsel in diesem Buch gliedern sich in verschiedene Schwierigkeitsgrade von 1 bis 6, die in Form von Sternen auf den Seiten angegeben sind.

1 = LEICHTER ★☆☆☆☆☆

6 = SCHWIERIGER ★★★★★★

NIVEAU	PUNKTE
★☆☆☆☆☆	10
★★☆☆☆☆	20
★★★☆☆☆	30
★★★★☆☆	40
★★★★★☆	50
★★★★★★	60

WIE WIRD GESPIELT?

Mit diesem Buch kannst du allein oder in einer Gruppe spielen. Je mehr Leute mitmachen, desto lustiger wird es, doch auch wenn ihr wenige seid, werdet ihr viel Spaß haben! Allerdings solltet ihr euch Zeit nehmen. Es bringt nichts, wenn ihr euch beeilt. Es gibt zwei Möglichkeiten, in einer Gruppe zu spielen:

ALS FAMILIE

- Wählt in jeder Runde jemanden aus, der das Spiel anleitet. Nur diese Person darf sich die Lösung vorher ansehen.
- Der Rest kann ihr Fragen stellen, um Hinweise zu bekommen, aber sie darf euch nur mit dieser Art von Antworten helfen:
  - **Ja oder Nein.**
  - **Denk noch mal über die Frage nach** (wenn klar ist, dass ein Hinweis nicht verstanden wurde).
  - **Das ist egal** (wenn die Frage nicht zur Lösung beiträgt).
- Falls ihr nicht weiterkommt, kann euch der Spielleiter dabei helfen, die erhaltenen Tipps noch einmal zu überdenken, und euch auf etwas hinweisen, was ihr übersehen habt.

Um den Spielstand zu überprüfen, könnt ihr die Punkte auf ein Blatt Papier oder in ein Notizbuch schreiben.

IN TEAMS

**NICHT VERGESSEN:
WIR DENKEN ALLE UNTERSCHIEDLICH!
MANCHE RÄTSEL, DIE DIR SCHWIERIG ERSCHEINEN, KOMMEN ANDEREN LEICHT VOR UND UMGEKEHRT.**

- Bildet Teams von zwei oder mehr Teilnehmern und bittet eine andere Person, euch anzuleiten.
- Legt von Anfang fest, wie viele Rätsel ihr lösen wollt.
- Es geht nicht darum, schneller zu sein als die anderen, sondern mehr Punkte zu erhalten.
- Wenn eine Gruppe die Lösung gefunden hat, teilt sie dies dem Spielleiter mit. Dieser sagt dann, ob die Gruppe Punkte erhält und mit dem nächsten Rätsel fortfahren kann.
- Jedes Mal, wenn ihr ein Rätsel löst, schreibt ihr die erreichte Punktzahl auf ein Blatt Papier. Bei Gleichstand wird ein weiteres Rätsel gelöst.

FINDE DIE ZEHN OBJEKTE, DIE AUS DER ZEIT GEFALLEN SIND

Sei aufmerksam und lass dich nicht verwirren!
Damit du dich besser konzentrierst und auf alle Details in den Zeichnungen achtest, findest du im ganzen Buch verteilt zehn Gegenstände, die nicht in die Epoche des Rätsels gehören.

Suche sie!

Falls du sie nicht findest, kannst du am Ende des Buches die Lösung in Spiegelschrift lesen.

25 RÄTSEL DER GESCHICHTE

VORGESCHICHTE

VORGESCHICHTE - 2 500 000 – 4000 v. Chr.

Seit dem Erscheinen des *Homo sapiens* auf der Erde hat die Menschheit viel dazugelernt. Durch Denken, Vorstellungskraft, Kreativität und das Lösen von Rätseln ist der Mensch sehr weit gekommen.

ALTERTUM - 4000 v. Chr. – 476 n. Chr.

Menschen, die denselben Wohnort und dieselbe Kultur hatten, schlossen sich zu großen Gesellschaften zusammen: den ersten antiken Zivilisationen. Das war eine wichtige Zeit: Die Schrift wurde erfunden. Es entstanden die ersten Städte und organisierten Religionen. Das Römische Reich breitete sich in alle Richtungen aus.

MITTELALTER - 5.–15. JH.

Die Invasion der germanischen Völker in Europa führte zum Zerfall des Römischen Reiches, sodass eine neue Landkarte und eine neue europäische Gesellschaft entstanden. Das Land fiel in den Besitz von Feudalherren, die ihre Vasallen ausbeuteten. Es war eine dunkle Zeit mit Seuchen und Religionskriegen:. Die Kirche beeinflusste alle Lebensbereiche, sogar die Wissenschaft, doch mit dem Aufkommen einer neuen Denk- und Schaffensweise, der Renaissance, änderte sich alles.

FRÜHE NEUZEIT - 15.–18. JH.

Auf der Suche nach neuen Seewegen wurden präzise Navigationsinstrumente entwickelt, mit denen Seefahrer zwei unbekannte Kontinente entdeckten: Amerika und Ozeanien. Vernunft, Kommunikation und Fortschritt gewannen die Oberhand. Durch die Erfindung des Buchdrucks wurde es möglich, Ideen zu verbreiten. Die Gesellschaft forderte Gleichheit. Die Französische Revolution brach aus, setzte dem autoritären System ein Ende und setzte die Idee der Bürgerrechte durch.

DAS MODERNE ZEITALTER - 19.–21. JH.

Der Fortschritt war so wenig aufzuhalten wie der menschliche Geist: Die Dampfmaschine ermöglichte die Massenproduktion. Städte wurden industrialisiert. Es folgten große Erfindungen: elektrisches Licht, das Telefon, das Automobil, die Luftfahrt. Obwohl das 20. Jahrhundert mit zwei unglückseligen Weltkriegen begann, konzentrierte sich die Menschheit darauf, vermehrt und besser zu kommunizieren: Die Presse wurde für die breite Masse zugänglich. Fernsehen, Radio und Kino erschienen auf der Bildfläche, ebenso wie das revolutionärste Medium unserer Zeit: das Internet. Heute stehen wir vor einem der spannendsten Rätsel überhaupt: dem Leben im Weltraum.

GEGENWART

Vorgeschichte
2 500 000–4000 v. Chr.

Logik

Punktesystem
10 Punkte

Niveau / einfach
★★★★★★

Die Altsteinzeit

In steinzeitlichen Gesellschaften waren die Nahrungssuche und die Wahrung des Friedens in der Gruppe zwei wichtige Prinzipien des Zusammenlebens. Deshalb wurden Regeln aufgestellt, nach denen der Diebstahl von Lebensmitteln zu den schwersten Vergehen gehörte. Die Höchststrafe war der Ausschluss aus der Gruppe, denn es war sehr schwer, allein und ohne fremde Hilfe zu überleben.

RAUB UNTER NEANDERTALERN

An einem Frühlingsmorgen gingen einige Neandertaler auf die Jagd, während der Rest der Gruppe zurückblieb und in der Nähe der Höhle arbeitete. Es gab jede Menge zu tun, z. B. musste neben anderen alltäglichen Aufgaben das Feuer geschürt werden, um das Fleisch für die nächsten Tage zu braten. Doch als sie an diesem Tag das Essen holen wollten, erlebten sie eine Überraschung …

1 Plötzlich schlug eine erschrockene Frau Alarm:

2 Die Mitglieder der Gruppe waren sehr verärgert und baten den weisesten Alten des Ortes, ihnen zu helfen, den Dieb zu stellen.

3 In diesem Moment kam ein Kind, das in der Nähe gespielt hatte, auf den Alten zu und flüsterte ihm etwas Seltsames ins Ohr ...

4 Der alte Weise sah sich alle am Lagerfeuer genau an. Dann beschuldigte er ohne zu zögern einen von ihnen, das Fleisch gestohlen zu haben.

Wen meinte der weise alte Mann?

Vorgeschichte
2 500 000–4000 v. Chr.

Fantasie

Punktesystem
50 Punkte

Niveau / schwierig
★★★★★★

Die Mittelsteinzeit

Eines der größten Rätsel, das die Menschen lösen konnten, war die Frage, wie man Feuer macht. Als sich das Klima nach der Eiszeit verbesserte, zogen viele Tiere nach Norden, während die Menschen an milderen Orten blieben. Sie waren jedoch weiterhin auf große Tiere angewiesen, um sich ernähren, sich mit ihren Fellen kleiden und überleben zu können.

Die Jagd nach Beute

Wie jedes Jahr musste man vor dem Kälteeinbruch Vorräte anlegen, um sich während des Winters warm zu halten und etwas zu essen zu haben. Daher schärfte der Jäger der Gruppe seine Waffe und seine Steinwerkzeuge und machte sich auf die Jagd nach großen Tieren. Zuerst musste er jedoch herausfinden, wo er sie finden konnte.

1 Nach einer mehrtägigen Wanderung durch eine unwirtliche Gegend kam der Jäger zu einer Hütte, in der ein Schamane lebte.

2 Der Schamane beschwor in einem uralten Ritual die Naturgeister und fragte sie, wohin der Jäger gehen müsse, um Beute zu finden.

3 Er fiel in eine tiefe Trance und sprach die folgenden Worte:

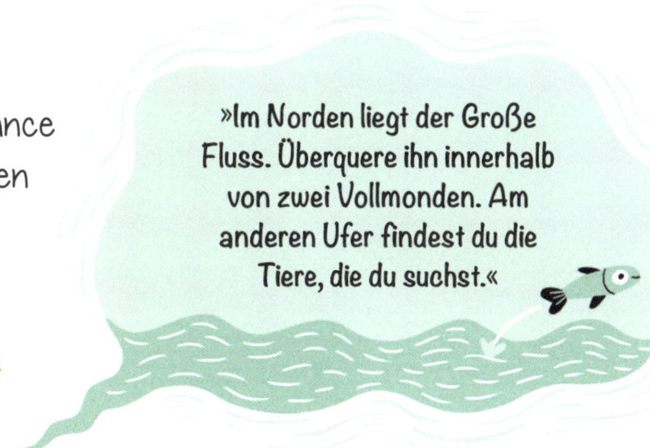

4 Der Jäger konnte nicht schwimmen. Als er den Großen Fluss erreichte, wartete er zwei Vollmonde ab und konnte ihn überqueren, ohne zu ertrinken.

Tatsächlich waren am anderen Ufer jede Menge Tiere!

WIE GELANG ES DEM JÄGER, DEN FLUSS ZU ÜBERQUEREN?

VORGESCHICHTE	FANTASIE	PUNKTESYSTEM	NIVEAU / SCHWIERIG
2 500 000–4000 v. Chr..		60 PUNKTE	★★★★★★

Jungsteinzeit

Die Menschheit machte einen großen Sprung in ihrer Entwicklung, als sie lernte, ihre eigene Nahrung anzubauen, Vieh zu züchten und sich an festen Orten niederzulassen. Die ersten Bauwerke, die errichtet wurden, waren Menhire, mehrere Tonnen schwere Steinblöcke, die einzeln oder in Reihen aufgestellt wurden und die wir heute Megalithen oder megalithische Monumente nennen.

DAS RÄTSEL DER NEUN MENHIRE

Das Aufstellen des letzten der Menhire, die zusammen einen heiligen Tempel bildeten, war ein Grund zur Freude und zum Feiern, denn die Arbeit war sehr anstrengend! In einem Dorf schlugen der Stammesführer und der Schamane vor, das Aufstellen des letzten Steins mit Spielen zu feiern. Sie begannen mit einem Rätsel für Erwachsene: »Dies ist KEIN Kinderspiel«, betonten sie.

1 Der Stammesführer erklärte ausführlich die Spielregeln.

2 Daraufhin fügte der Stammesschamane in feierlichem Ton hinzu:

3 Der Stammesführer verkündete, welcher kostbare Preis den Gewinner erwartete:

4 Während die Erwachsenen über ihr weiteres Vorgehen nachdachten, malte ein Mädchen die Form der neun Säulen in den Sand und begann, mit einem Eichenzweig Linien zu ziehen.

5 Schweigend sahen die Erwachsenen ihr zu. **Tatsächlich schaffte es das Mädchen,** und nahm voller Stolz ihr Auerochsenfell mit.

KANNST DU DIESE NEUN MENHIRE MIT VIER LINIEN VERBINDEN?

BEACHTE, DASS SIE NUR MIT VIER GERADEN LINIEN VERBUNDEN WERDEN DÜRFEN. WO EINE LINIE ENDET, BEGINNT DIE NÄCHSTE.

WIE HAT SIE DAS GESCHAFFT?

ALTERTUM
4000 v. Chr.–476 n. Chr.

FANTASIE

PUNKTESYSTEM
50 PUNKTE

NIVEAU / SCHWIERIG
★★★★★☆

Die sumerische Zivilisation

Die ersten Städte wurden im Nahen Osten von den Sumerern gegründet, die so nützliche Dinge wie das Rad, Lehmziegel und die Schrift erfanden. Sie erließen die ersten schriftlichen Gesetze, darunter die des babylonischen Königs Hammurapi I. Ihnen haben wir es zu verdanken, dass wir heute wissen, wie diese antiken Völker gelebt haben.

UMGEHUNG DES GESETZES

Damals mussten alle Einwohner des babylonischen Reiches dem Herrscher einen Anteil der Einkünfte aus ihren Geschäften abliefern, insbesondere aus dem Verkauf von Lasttieren und Getreide, die als Luxusgüter galten. Eines Tages begannen die Wachen am großen Tor von Babylon einen Mann zu verdächtigen, der die Stadt jeden Tag mit einem mit Steinen beladenen Maultier betrat und sie mit einem prall gefüllten Geldbeutel wieder verließ, als hätte er ein sehr gutes Geschäft gemacht.

1 Nabu kam jeden Morgen mit einem jungen, starken Maultier in die Stadt, das mit zwei Säcken voller Steine beladen war.

2 Als die Wächter am Tor ihn aufforderten, ihnen seine Waren zu zeigen, öffnete Nabu die Säcke. Sie ließen ihn passieren, da auf Steine keine Steuern erhoben wurden.

3 Am Abend hingegen verließ Nabu die Stadt mit einem langsamen, müden Maultier, allerdings stolz wie Oskar und mit einem prall gefüllten Geldbeutel.

4 Die Wächter wurden misstrauisch, denn obwohl alles in Ordnung zu sein schien, vermuteten sie, dass Nabu irgendeinen Trick anwandte, um so viel Geld zu verdienen. Bis sie eines Tages endlich hinter sein wahres Geschäft kamen.

WELCHEM GESCHÄFT GING NABU IN WAHRHEIT NACH?

ALTERTUM
4000 v. Chr.–476 n. Chr.

FANTASIE

PUNKTESYSTEM
40 PUNKTE

NIVEAU / MITTEL
★★★★☆☆

Die ägyptische Zivilisation

Das Alte Ägypten war ein großes Reich und wurde von Familien regiert, die über Jahrtausende hinweg in Dynastien aufeinander folgten. Es gab immer einen männlichen Pharao, der über alles herrschte und als Gott verehrt wurde. Allerdings gab es auch Ausnahmen, z. B. war Hatschepsut eine große Pharaonin, die wirtschaftlichen Aufschwung und Frieden brauchte, auch wenn sie sich wie ein Mann kleiden musste, um regieren zu können ...

DIE WAHL DES PHARAOS

Die Nachfolge in Ägypten war nicht immer einfach, vor allem, wenn der Pharao weder Nachkommen noch eine Königin hatte, die nach seinem Tod auf ihn folgen konnte. Vor diesem Problem schien dieser Pharao zu stehen, denn bei der Wahl seines Nachfolgers bediente er sich einer sehr ausgeklügelten Methode.

1 Der Pharao wollte sehen, wer sein ehrlichster Nachfolger wäre, und befahl daher, allen Kindern in Ägypten Töpfe mit Erde zu geben. Nach einem Jahr sollten sie damit in den Palast zurückkehren.

EIN JAHR SPÄTER ...

2 ... wurden die Kinder mit ihren Töpfen in den Palast gerufen. In manchen Töpfen wuchsen wunderschöne Blumen und in den meisten sehr exotische Pflanzen in allen möglichen Größen und Formen.

3 Nur ein kleines Mädchen brachte den Topf so mit, wie man ihn ihr gegeben hatte, ohne Blumen und Pflanzen. Als der Pharao sie sah, war seine Entscheidung getroffen.

WARUM WÄHLTE ER DAS EINZIGE KIND, DAS IHM KEINE PFLANZE BRACHTE?

ALTERTUM
4000 v. Chr.–476 n. Chr.

FANTASIE

PUNKTESYSTEM
30 PUNKTE

NIVEAU / MITTEL
★★★★★★

Die griechische Zivilisation

Die Völker des Ägäischen Meeres waren im Mittelmeerraum große Seefahrer und Händler, die große Städte wie Athen und Sparta gründeten. Ihnen ist es zu verdanken, dass große Rätsel des menschlichen Denkens, der Wissenschaft und der Kunst gelöst wurden. Viele ihrer Ideen beeinflussen bis heute unsere Gesellschaft, z. B. das Regierungssystem, das in die ganze Welt hinausgetragen wurde: die Demokratie oder »Herrschaft des Volkes«.

DIE INTELLIGENTESTE PERSON

Perikles, einer der bedeutendsten Herrscher Athens, umgab sich gerne mit großen Künstlern und Denkern. Seine Lebensgefährtin, Aspasia von Milet, war eine gebildete, einflussreiche Frau, über die viele (nicht immer wahre) Geschichten kursierten, z. B. soll Perikles seinen Freunden vorgeschlagen haben, dieses seltsame Rätsel zu lösen.

1 Perikles stellte den Teilnehmern seiner Gesprächsrunde folgende Aufgabe:

2 Mehrere Männer versuchten es auf unterschiedliche Weise, aber keinem gelang es, ihn vollständig zu bedecken.

3 Verärgert darüber, dass man nur Männer zur Teilnahme aufgefordert hatte, bot Aspasia von Milet an, die Aufgabe zu lösen.

4 Aspasia bat Perikles um zwei Dinge: Zuerst sollte er sich auf die auf dem Boden ausgebreitete Tunika legen. Damit sie ihn vollständig bedecken konnte, bat sie ihn noch um etwas anderes ...

5 Mit Erfolg! Perikles ordnete daraufhin an, dass man den Titel des Preises wie folgt korrigierte: »INTELLIGENTESTE PERSON ATHENS«.

WORUM BAT ASPASIA PERIKLES NOCH, UM IHN VOLLSTÄNDIG BEDECKEN ZU KÖNNEN?

ALTERTUM
4000 v. Chr.–476 n. Chr.

FANTASIE

PUNKTESYSTEM
20 PUNKTE

NIVEAU / EINFACH

Die chinesische Zivilisation

Weit entfernt von den großen Zivilisationen der Antike, schlossen sich die Gebiete entlang des Gelben Flusses zum größten Reich der Geschichte zusammen. Die chinesische Gesellschaft setzte sich aus verschiedenen Völkern zusammen, deren Traditionen durch die Lehren des Meisters Konfuzius oder Kung-fu-tse zusammengeführt wurden. Ihm zufolge sollte eine gerechte Gesellschaft auf Tugenden wie Weisheit, Güte und Ehrlichkeit beruhen und die Menschen sollten zwischen richtig und falsch unterscheiden können.

DER VEREHRER

Eines Tages sah der junge Hao auf dem Marktplatz eine intelligente, schöne junge Frau, von der er ganz hingerissen war. Er hörte ihr zu, während sie mit großem Geschick die Preise für verschiedene Stoffe aushandelte. So erfuhr er, dass sie Li hieß. Voller Begeisterung beschloss er, den Vater der jungen Frau zu bitten, mit ihr sprechen zu dürfen, wie es damals Sitte war.

1 Hao ging sehr nervös und aufgeregt zum Vater der jungen Frau. Als dieser ihn begrüßte, trug der junge Mann schüchtern seine Wünsche vor ...

2 Der Mann nickte und stellte ihm eine einzige Frage, um herauszufinden, ob er es wirklich ernst meinte.

3 Hao hatte keine Ahnung, wie alt Li war, und blieb stumm. Um ihm zu helfen, schrieb der Händler etwas auf ein Blatt Papier und zeigte es ihm.

4 Auf dem Papier sah Hao nur den Namen seiner geliebten Li. Er verstand nichts und wollte beschämt weggehen, doch der Händler, der seine gute Absicht erkannte, erlaubte ihm, sie zu besuchen.

WIE ALT WAR DIE TOCHTER DES HÄNDLERS?

ALTERTUM
4000 v. Chr.–476 n. Chr.

LOGIK

PUNKTESYSTEM
60 PUNKTE

NIVEAU / SCHWIERIG
★★★★★★

Die keltischen Völker

Die Menschen brauchten Werkzeuge und Waffen und entdeckten schließlich Metalle. Mit Kupfer, Bronze und Eisen konnten sie nicht nur besser das Land bewirtschaften, sondern sich auch gegen andere Stämme verteidigen. In der Eisenzeit taten sich die Kelten als kriegerisches, eroberndes Volk hervor. Die Männer und Frauen waren für ihre Tapferkeit im Kampf bekannt, was u. a. auf die Getränke zurückgeführt wurde, die ihre Priester, die Druiden, zubereiteten.

DAS ELIXIR DES DRUIDEN

Vor jeder Schlacht versammelten die keltischen Druiden die Männer und Frauen, die den Stamm in den Kampf führen sollten. Sie gaben ihnen nicht nur gute Ratschläge, sondern bereiteten auch oft Gebräue zu, die sie unbesiegbar machen sollten. Wie jedoch der Druide in dieser Geschichte sehr wohl wusste, mochten nicht alle Anführer dieselben Kräuter …

1 Für diesen Anlass bereitete der Druide sorgfältig fünf verschiedene Tränke aus BEIFUSS, WACHOLDER, JOHANNISKRAUT, EISENKRAUT und MINZE zu.

2 Der Druide hatte gehört, dass die mutige Ydris Eisenkraut mochte.

3 Brian und Eirin mochten beide Johanniskraut, obwohl Eirin zugab, dass er in der Regel Wacholderbeerentee trank.

4 Die Kriegerin Maere hingegen, die etwas wählerischer war, mochte keine Wacholderbeeren und erst recht keine Minze.

5 Da der Druide jedoch wusste, dass Brian und Neil gerne Minztee tranken, war für ihn schon klar, wem er welches Elixier verabreichen würde.

Welche Kräuter wählte der Druide aus, um jedem Einzelnen seinen Lieblingstrank zu geben?

Um es herauszufinden, zeichne Linien von den Kräuterelixieren zu den Namen der jeweiligen Anführer.

WACHOLDERBEEREN

EISENKRAUT

JOHANNISKRAUT

MINZE

BEIFUSS

YDRIS

BRIAN

EIRIN

MAERE

NEIL

Für wen bereitete der Druide die Getränke jeweils zu?

Altertum
4000 v. Chr.–476 n. Chr.

Logik

Punktesystem
50 Punkte

Niveau / schwierig
★★★★★★

Die römische Zivilisation

Vom Mittelmeerraum aus breitete sich die Römische Republik in so weit entfernte Gebiete wie das heutige Vereinigte Königreich sowie in Teile Afrikas und des Orients aus, bis sie schließlich zum mächtigen Römischen Reich wurde. Über fünf lange Jahrhunderte hinweg setzten die Römer ihre Gesetze, ihre Sprache und Lebensweise durch. Manch ein römischer Kaiser ging für seine Verrücktheit und seine Ausschweifungen in die Geschichte ein.

Das Pferd des Kaisers

Der dritte römische Kaiser Caligula soll sein Pferd Incitato so sehr verehrt haben, dass er ihm eine Villa mit Futtertrögen aus Elfenbein bauen ließ und es sogar zum Senator ernennen wollte. Dieser Kaiser hätte auch der Protagonist der folgenden Geschichte sein können, bei der ein unbescholtener Bürger zu Unrecht beschuldigt wurde, das kaiserliche Pferd zu stehlen versucht zu haben.

1 Der Kaiser wusste genau, dass die Geschworenen den Mann für unschuldig erklären würden, weil er ein anständiger, vorbildlicher Bürger war.

2 Um nicht der Ungerechtigkeit bezichtigt zu werden, sagte der Kaiser daher vor allen Anwesenden:

3 Dann legte er zwei Zettel in ein Gefäß. Auf dem einen stand SCHULDIG und auf dem anderen hätte UNSCHULDIG stehen sollen, aber Caligula schrieb ebenfalls SCHULDIG darauf.

4 Der überaus aufmerksame Angeklagte durchschaute die List des Kaisers. Er nahm eines der Papiere und schluckte es hinunter, anstatt es der Öffentlichkeit zu zeigen.

Die Geschworenen erklärten ihn daraufhin für UNSCHULDIG!

WARUM ERKLÄRTEN DIE GESCHWORENEN IHN FÜR UNSCHULDIG?

ALTERTUM
4000 v. Chr.–476 n. Chr.

LOGIK

PUNKTESYSTEM
50 PUNKTE

NIVEAU / SCHWIERIG
★★★★★☆

Die Wissenschaftler der Antike

In der Antike versuchte man, mit Vernunft und Logik alles zu erklären: das Universum, das Denken, unsere Existenz etc. Einer der bekanntesten Wissenschaftler war Archimedes von Syrakus, der nicht nur wichtige physikalische Gesetze wie den Schwerpunkt entdeckte, sondern während einer Belagerung seiner Stadt auch so geniale Waffen wie Hohlspiegel erfand. Damit konnte man Sonnenstrahlen reflektieren und die feindlichen Schiffe verbrennen.

DAS GEWICHT DER KRONE

König Hieron von Syrakus fragte Archimedes einmal, wie er herausfinden könne, ob ein Goldschmied ihn betrogen habe. Der König hatte ihm einen Goldbarren gegeben, damit er ihm eine Krone daraus anfertigte, und befürchtete nun, dass der Juwelier nur einen Teil des Goldes verwendet und den Rest für sich behalten hatte. Wie konnte er herausfinden, ob er mit seinem Verdacht richtig lag?

1 Nach dem königlichen Auftrag kehrte Archimedes nachdenklich nach Hause zurück und ließ sich ein Bad mit heißem Wasser ein. Als er in die Wanne stieg und sich ins Wasser legte, bemerkte er, dass das Wasser bis zum Rand anstieg.

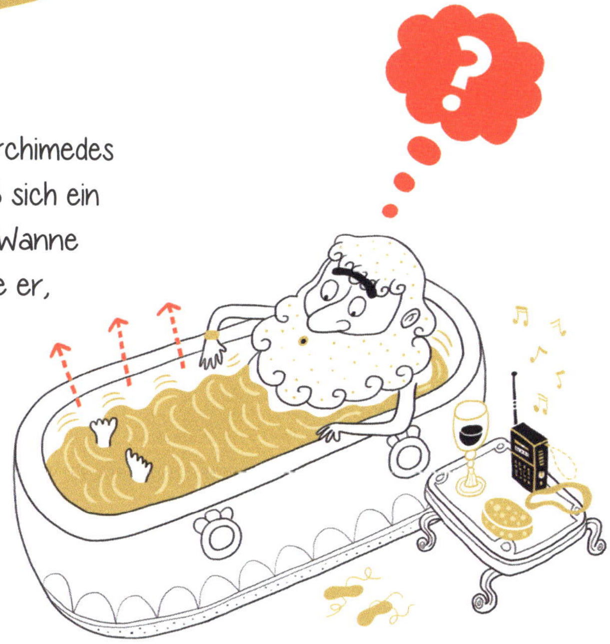

2 Fast nackt und klatschnass rannte Archimedes aufgeregt zum Palast. Jetzt wusste er, wie er beweisen konnte, ob der Schmied bei der Herstellung der Krone geschwindelt hatte.

3 Als er im Palast ankam, bat er um zwei mit Wasser gefüllte Behälter. In den einen legte er die Krone, in den anderen einen Barren wie den, den der König dem Schmied gegeben hatte.

Der Wasserstand im Behälter des Barrens stieg viel höher als in dem der Krone!

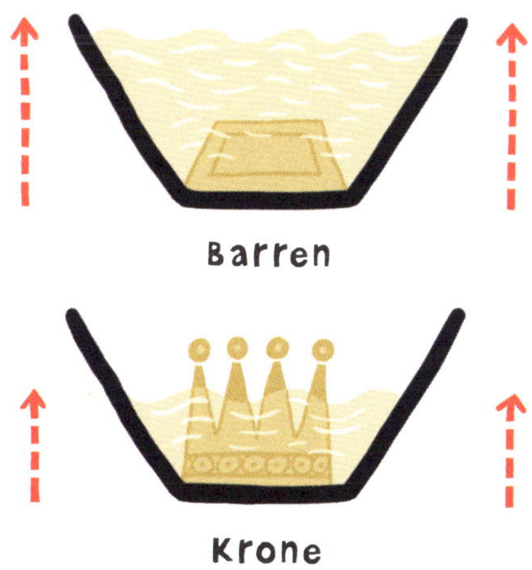

4 Als der König das Ergebnis des Experiments sah, zögerte er keine Sekunde und beschuldigte empört den Goldschmied des Betrugs.

WOHER WUSSTE DER KÖNIG, DASS DER GOLDSCHMIED IHN BETROGEN HATTE?

MITTELALTER
5.–15. Jh.

LOGIK

PUNKTESYSTEM
50 PUNKTE

NIVEAU / SCHWIERIG
★★★★★★

Der Einfall der Barbaren

Wegen Kälte und ausfallender Ernten wanderte in den ersten Jahrhunderten unserer Zeitrechnung eine Welle von Germanen nach Süden. Da sie außerhalb der Grenzen des Römischen Reiches lebten, nannte man sie *barbari*, lateinisch für »Ausländer«. Ihre ständigen Plünderungen und Invasionen stürzten Europa ins Chaos. Mit ihnen verschwand schließlich auch das Römische Reich.

DIE BARBAREN KOMMEN

Der westgotische König Alarich I. hatte kurz zuvor die Grenze zu Italien überquert, weshalb die Römer Soldaten ausschickten, um ihn auszuspionieren und mehr über seinen Vormarsch zu erfahren. Als die Spione herausfanden, dass die Barbaren Rom stürmen und plündern wollten, galoppierten sie schnell zurück, um den Senat vor der bevorstehenden Invasion der Stadt zu warnen.

1 Der erste Soldat der Vorhut kam vor den Toren Roms an und musste das Losungswort sagen. Der Wachmann rief ihm von drinnen zu: SECHS! Er antwortete: FÜNF! ... und die Tore öffneten sich.

2 Bald darauf kam der nächste schweißbedeckte Soldat im Galopp angeritten. Der Wächter rief: SIEBEN!« Der Soldat antwortete: SECHS!« ... und die Tore öffneten sich.

3 Vor lauter Eile und in dem Wissen, dass die Westgoten ihm auf den Fersen waren, vergaß der letzte Soldat das Losungswort. Er versuchte, es aus den Antworten seiner Kameraden abzuleiten.

4 Der Wachmann rief von drinnen: ACHT! Der Soldat antwortete: SIEBEN! ... doch die Tore öffneten sich nicht.

WELCHE ZAHL HÄTTE DER SOLDAT SAGEN MÜSSEN?

Mittelalter 5.–15. Jh. | Logik | Punktesystem 10 Punkte | Niveau / einfach

Grundherren, Adlige, Vasallen ... und Helden

Im Feudalismus besaß der Grundherr viele Ländereien, deren Bewohner seine Vasallen waren und Abgaben an ihn leisten mussten. Gegen die vielen sozialen Ungerechtigkeiten, die sich daraus ergaben, kämpften Helden an, die in die Literaturgeschichte eingingen, z. B. Robin Hood, der die Reichen bestahl, um den Bedürftigen zu helfen.

Die Lehren des Robin Hood

In den üppigen Wäldern von Sherwood trainierte der geschickte Bogenschütze Robin seine Gefährten in Fertigkeiten wie dem Bogenschießen. Eines Tages wollte er einem Geächteten (einem gesetzlosen Rebellen) beibringen, wie man sich im Wald orientiert, und stellte ihm diese Aufgabe. Falls der junge Mann es nicht schaffte, musste er ins kalte Wasser des Flusses springen.

1 Am Anfang wies Robin jedem Gefährten eine Position zu.

2 Ziel jetzt nach rechts, Will!

3 Marion, mach eine halbe Drehung nach rechts!

4 Little John, nach links!

5 Much, eine halbe Drehung nach links!

Benutze den Kompass, um dich zu orientieren und herauszufinden, in welche Richtung jeder zeigt.

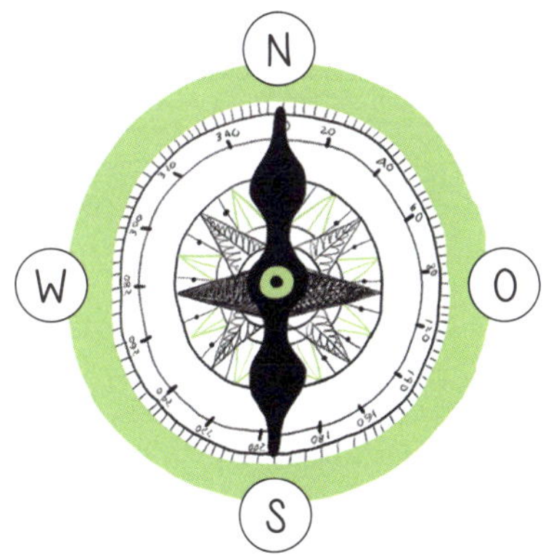

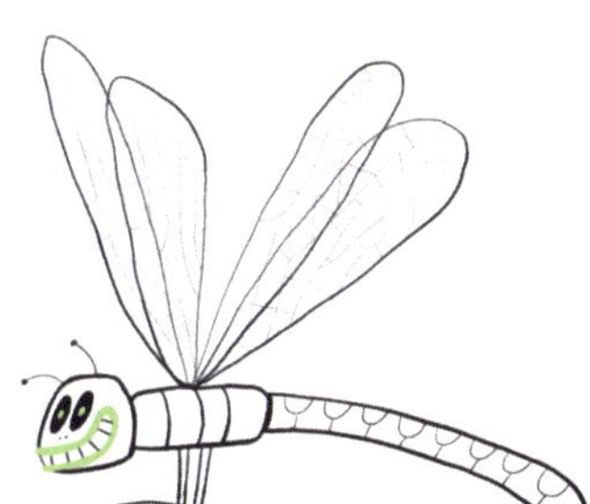

In welche Richtung hat jeder Einzelne gezielt?

MITTELALTER 5.–15. Jh. | LOGIK | PUNKTESYSTEM 10 PUNKTE | NIVEAU / EINFACH ★★★★★★

Die Künstler der Renaissance

Ab dem 15. Jahrhundert vollzog sich ein Mentalitätswandel: Man wollte die Vernunft, die Schönheit und das Denken der Antike wieder zum Leben erwecken, nachdem die Religion sie ausgelöscht hatte. So entstand die kulturelle Bewegung der Renaissance, aus der große Künstler wie Leonardo da Vinci hervorgingen, der Artefakte wie Fluggeräte erfand. Damit niemand seine Ideen kopierte, entwickelte er die Kunst der Spiegelschrift.

WER WAR FRAU LISA?

Einmal erhielt der Maestro den Auftrag, ein Bild zu malen, unter der Bedingung, dass er die Identität der mysteriösen Frau auf dem Porträt nicht preisgeben würde. Leonardo hatte gute Gründe, sie geheim zu halten, denn sein Auftraggeber war ein mächtiger Mann und sie eine verheiratete Frau (angeblich die von Francesco del Giocondo, weshalb sie »la Gioconda« genannt wurde).

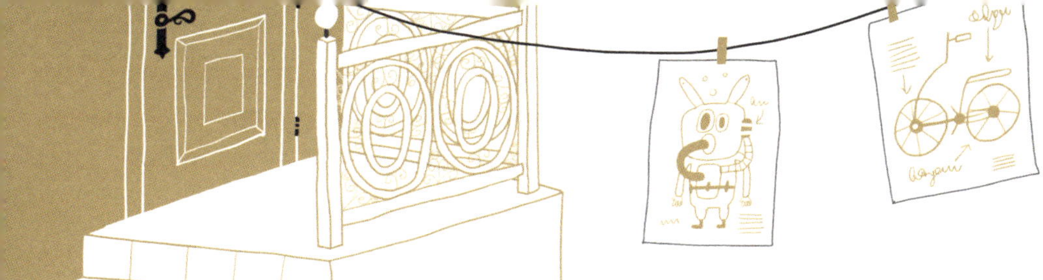

1 Leonardo machte sich daran, das Porträt der geheimnisvollen Dame zu malen, die jeden Abend pünktlich in seinem Atelier in Florenz erschien und heimlich posierte.

2 Schon vor der Fertigstellung des Gemäldes erregte der rätselhafte Blick der Frau die Neugier der Atelierbesucher.

3 Darauf antwortete Leonardo stets, sie sei Mona (Verkleinerungsform von *madonna*, altitalienisch für »Dame«) Lisa.

4 Nach der Fertigstellung des Bildes stellte Leonardo seinem Auftraggeber die Rechnung aus und schrieb den Namen der porträtierten Frau darauf, allerdings in Spiegelschrift, um ihre Identität geheim zu halten.

WIE LAUTETE DER ECHTE NAME DER GIOCONDA?

Mittelalter 5.–15. Jh. | Fantasie | Punktesystem 40 Punkte | Niveau / mittel ★★★★☆☆

Die Europäer entdecken Amerika

Christoph Kolumbus war nicht nur ein hervorragender Seefahrer, sondern konnte auch sehr beharrlich sein. Er war fest entschlossen, einer Route zu folgen, die vor ihm noch nie jemand genommen hatte. So erreichte er 1492 den großen amerikanischen Kontinent und veränderte mit dieser Entdeckung in vielen Teilen der Welt den Lauf der Geschichte.

Das Ei des Kolumbus

Nach seiner Rückkehr aus Amerika soll Kolumbus zu vielen Festen eingeladen worden sein. Jeder wollte den großen Admiral zu Besuch in seinen Salons haben! Er konnte solchen Versammlungen jedoch nicht viel abgewinnen, denn auch wenn manche ihn aufrichtig beglückwünschten, versuchten andere, seine bedeutende Entdeckung herunterzuspielen.

1 Eines Abends nahm Kolumbus an einem Bankett einiger adliger Herren teil. Während des Empfangs bemerkte einer von ihnen in spöttischem Ton:

2 Verärgert über diese Bemerkung, wandte sich Kolumbus an einen Diener und flüsterte ihm ins Ohr:

3 Unter den neugierigen Blicken der Anwesenden stellte der Admiral das Ei auf einen kleinen Tisch, wo es logischerweise umfiel. Anschließend forderte er die Versammelten heraus:

4 Viele versuchten es vergeblich. Nachdem sie gescheitert waren, sollte Kolumbus es ihnen zeigen. Mit einer schnellen Bewegung ...

stellte er das Ei aufrecht hin!

WIE GELANG ES IHM, DAS EI AUFRECHT HINZUSTELLEN?

Frühe Neuzeit
15.–18. Jh.

Fantasie

Punktesystem
20 Punkte

Niveau / einfach
★★☆☆☆☆

Aztekische Köstlichkeiten

Malinche war eine Dolmetscherin, dank der es den spanischen Eroberern möglich war, mit den Azteken zu kommunizieren. Sie war nicht nur die rechte Hand des Eroberers Hernán Cortés, sondern brachte den Spaniern auch viele mexikanische oder aztekische Bräuche bei, z. B. das Kakaogetränk *xocoatl*.

Der Kakao des Moctezuma

Hernán Cortés, der zu Gast beim Aztekenkönig Moctezuma II. war, schaute stirnrunzelnd auf das mit einer dunklen, kalten Flüssigkeit gefüllte Glas, das ihm sein Gastgeber reichte. Malinche erklärte ihm, dass es sich um Schokolade handele. Bei der Zubereitung zermahlte man die Kakaobohnen zu Pulver und gab anschließend Wasser hinzu. Jene Frucht war so kostbar, dass ihre Samen als Zahlungsmittel dienten!

1 Wenige Minuten vor dem Empfang mahlte eine aztekische Frau in der Küche des Palastes von Tenochtitlan Kakaobohnen, um Schokolade für die Besucher zuzubereiten.

2 Während sie arbeitete, schaute ihr ein Krieger des Königs über die Schulter, um sicherzustellen, dass Moctezuma nicht mit der Schokolade vergiftet wurde.

3 Da sie ihn nicht bemerkt hatte, drehte sich die Frau um, stieß mit ihm zusammen und schüttete einen Teil des Inhalts über ihn.

4 Dennoch blieb die Kleidung des Kriegers **trocken**!

WIE IST ES MÖGLICH, DASS ER NICHT NASS WURDE?

FRÜHE NEUZEIT	FANTASIE	PUNKTESYSTEM	NIVEAU / MITTEL
15.–18. JH.		30 PUNKTE	★★★☆☆☆

Die Entstehung der Vereinigten Staaten

Der Wunsch nach Veränderung und die Auflehnung gegen Unterdrückung und Ungerechtigkeiten ließen auf dem neuen Kontinent unabhängige Staaten entstehen, darunter die Vereinigten Staaten von Amerika.

FLUCHT IN DEN WILDEN WESTEN

Viele Siedler zogen mit ihren Wagen in den amerikanischen Westen, z. B. Bert Janssen mit seiner Familie. Sie waren niederländische Auswanderer, die die Reise trotz aller Gefahren auf sich nahmen. Eines Morgens wurden sie von einem skrupellosen Banditen verfolgt, der ihnen ihr weniges Hab und Gut stehlen wollte.

1 Bert blickte zurück und sah erschrocken die Staubwolke des Banditen, der sich ihnen in schnellem Galopp näherte.

2 Vor lauter Eile hatte er keine Zeit, einem großen Stein auszuweichen, sodass der Wagen gefährlich ins Wanken geriet.

3 Entsetzt **sah er eines seiner Räder vorbeirollen!**

4 Zu seinem Erstaunen gelang es Bert und seiner Familie jedoch, dem bösen Verbrecher zu entkommen, ohne anzuhalten oder umzufallen.

WIE KONNTEN SIE OHNE DAS RAD WEITERFAHREN?

FRÜHE NEUZEIT
15.–18. JH.

FANTASIE

PUNKTESYSTEM
20 PUNKTE

NIVEAU / EINFACH

Europäische Mode

Der Regenschirm wurde in China erfunden, lange bevor er im 17. Jahrhundert bei italienischen und französischen Aristokraten in Mode kam. Er diente zum Schutz vor Sonne und Regen. Als ein Franzose den zusammenklappbaren Regenschirm erfand, verbreitete er sich in ganz Europa. Außer in England, wo er ausschließlich als weibliches Accessoire galt.

EIN SINTFLUTARTIGER REGEN

Jonas Hamway war ein englischer Geschäftsmann, der 1750 einen ungewöhnlichen Gegenstand von einer Reise mit nach London brachte: einen Regenschirm. Jedes Mal, wenn er damit auf die Straße ging, erntete er Spott und Hohn. Einige Kutscher versuchten sogar, ihm den Schirm abzunehmen, weil diese Erfindung ihr Geschäft bedrohte, denn sie hatten bei Regen besonders viele Fahrgäste.

1 Wie jeden Nachmittag ging Jonas Hamway durch die Straßen Londons zu seinem Club, begleitet von seinen beiden treuen Freunden Taylor und Clark.

2 Plötzlich begann es in Strömen zu regnen. Stolz öffnete Jonas den Regenschirm, den er immer bei sich trug, während seine Gefährten losrannten, um dem Regen zu entkommen.

3 Nachdem sie schnell gelaufen waren, kamen sie als Erste im Club an. Taylors Haar war vollkommen durchnässt.

4 Von Clark hingegen war kein einziges Haar nass geworden, obwohl er weder einen Hut noch einen Regenschirm dabeihatte und sich nirgendwo untergestellt hatte.

Frühe Neuzeit		Punktesystem	Niveau / Schwierig
15.–18. Jh.	Logik	60 Punkte	★★★★★★

Die Französische Revolution

Da das französische Volk es leid war, zu hungern, während Könige und Adlige ihr Vermögen verschleuderten, begann es zu rebellieren. Der Pöbel ging auf die Straße, stürmte die Paläste und schlug den Adeligen den Kopf ab. Sie riefen: »Zur Guillotine!« und forderten Freiheit, Gleichheit und Brüderlichkeit. Diese Revolution ebnete den Weg für die Beteiligung des Volkes an den Regierungen in aller Welt, löste jedoch beim Adel Angst und Schrecken aus.

Die Juwelen der Königin

Die Könige von Frankreich warteten auf den richtigen Moment, um mithilfe des schwedischen Marschalls Axel von Fersen, eines Freundes der Königin, aus Paris zu fliehen. Ein ehrgeiziger, wohlhabender Graf war ebenfalls bei ihnen. Am Tag vor der Flucht rief dieser aufgebracht die Polizei, um das Verschwinden des großen Suzy-Diamanten aus der königlichen Schatzkammer zu melden. Er beschuldigte die Königin Marie-Antoinette, hinter dem Diebstahl zu stecken.

1 Der Graf erläuterte der Polizei seine Version der Ereignisse:

»Es war eine stürmische, mondlose Nacht. Ich wurde von einem Geräusch geweckt und schaute aus dem Fenster, ohne das Licht anzumachen.«

2 Er beschrieb alle möglichen Details:

»Obwohl es in Strömen regnete und im Palast kein Licht brannte, konnte ich den Schatten von Axel von Fersen mit seinem unverwechselbaren Hut an der Wand gegenüber sehen.«

3 Er sei dann die Treppe hinabgestiegen.

»Als ich in den ersten Stock des Palastes kam, stand die Tür der Schatzkammer weit offen.«

4 Der Graf deutete an, die Königin könne die Diebin sein.

»Als ich entdeckte, dass der Suzy-Diamant gestohlen worden war, schlug ich Alarm. Jeder weiß, dass von Fersen Geld braucht und alles für die Königin tut, worum sie ihn bittet.«

5 Nachdem der Wachtmeister seine Aussage aufgenommen hatte, antwortete er dem Grafen streng:

Graf, geben Sie bitte sofort den Diamanten zurück. Es ist offensichtlich, dass Sie lügen.

WIESO WAR SICH DER WACHTMEISTER SO SICHER?

FRÜHE NEUZEIT 15.–18. JH. | LOGIK | PUNKTESYSTEM 20 PUNKTE | NIVEAU / EINFACH ★★

Der große Napoleon

Nach den Unruhen der Französischen Revolution wollte General Napoleon Bonaparte eine neue politische Ordnung in Frankreich und im restlichen Europa einführen, das er mit seiner Armee überfiel. Nachdem er die Österreicher und Russen bei Austerlitz besiegt hatte, krönte er sich selbst zum Kaiser.

VERSTANDEN?

Zwei Soldaten der französischen Armee Napoleons sollten die beiden Enden einer Brücke bei Austerlitz bewachen, um einen Angriff der Österreicher und Russen auf das in der Nähe aufgeschlagene französische Lager zu verhindern. Aber führten sie die Befehle auch richtig aus?

1 Ein Vorgesetzter gab ihnen sehr klare, präzise Anweisungen. Sie sollten die folgenden Stellungen beziehen:

2 Sobald sie ihre Positionen eingenommen hatten, fragte Pierre Fabrice:

3 Worauf Fabrice unsicher antwortete:

WAS HABEN SIE AN DEN BEFEHLEN IHRES VORGESETZTEN NICHT VERSTANDEN?

WOHER WUSSTE PIERRE, WAS FABRICE GESEHEN HATTE?

Das moderne Zeitalter 19.–21. Jh. | Fantasie | Punktesystem 60 Punkte | Niveau / schwierig ★★★★★★

Ein großer Erfinder

Einige der wichtigsten Erfindungen des 19. Jahrhunderts gehen auf einen einzigen Mann zurück: Thomas Alva Edison. In seinem Labor entstanden Hunderte von Erfindungen, wie eine Kamera für Filmaufnahmen, ein Phonograph für Musikaufnahmen, eine Batterie für Elektroautos oder die berühmte elektrische Glühbirne!

Die Erfindungsgabe Edisons

Wie alle großen Persönlichkeiten der Geschichte ist auch Edison Gegenstand von Anekdoten, die genauso undurchschaubar sind wie dieses Rätsel. Es heißt, Edisons Großvater wollte einem seiner drei Enkel sein Erbe hinterlassen, doch er wusste nicht, wem. Also beschloss er, sie auf die Probe zu stellen, um zu sehen, wer der Geschickteste war: Er gab jedem einen Beutel voll Geld und bat sie, etwas zu kaufen, womit sie die Scheune der Familie vollständig ausfüllen konnten.

1 Der Älteste kaufte zwei Wagen voll Holz, doch als er es entlud, konnte er damit nicht die ganze Scheune füllen.

2 Der Mittlere kaufte nach langem Überlegen zwei Wagen voll Stroh, doch ihm gelang es ebenfalls nicht, die Scheune damit zu füllen.

3 Thomas Edison, der Jüngste der drei, hatte hingegen eine BRILLIANTE IDEE!

Er kaufte nur zwei Gegenstände, mit denen er jedoch die ganze Scheune füllen konnte!

4 So sparte er nicht nur fast das ganze Geld, er überzeugte auch den Großvater, ihm das gesamte Erbe zu hinterlassen.

WOMIT GELANG ES IHM, DIE GANZE SCHEUNE ZU FÜLLEN?

Das moderne Zeitalter 19.–21. Jh. | Logik | Punktesystem 40 Punkte | Niveau / mittel ★★★★☆☆

Sherlock Holmes, ein einzigartiger Detektiv

Über ihn wird so viel geredet, dass viele glauben, er hätte wirklich existiert. Dieser fiktive Detektiv wurde jedoch vom englischen Schriftsteller Arthur Conan Doyle erfunden. Sherlock Holmes war ein leicht exzentrischer Ermittler, der mit logischem Denken die kompliziertesten Fälle und Verbrechen löste. Alles, was sich mit Logik herleiten ließ, war für ihn lediglich »elementar«.

Ein elementarer Fall

Eines Nachmittags kehrte Sherlock Holmes von seinem Spaziergang im Regent's Park zurück, als er zu seinem Erstaunen eine Gruppe von Menschen sah, die einen am Boden liegenden Mann umringten. Der Detektiv näherte sich ihnen und erkannte sofort, dass der arme Kerl tot war. Als Sherlock die Jackentaschen des Mannes sorgfältig durchsuchte, fand er seinen Führerschein und andere persönliche Daten.

1 Sherlock sah, dass es Mr Richard Adams war. Nicht weit entfernt fand er eine Telefonzelle und rief im Haus des Verstorbenen an, um seinen Angehörigen die Nachricht zu überbringen.

2 Mrs Adams ging ans Telefon. Als der Detektiv ihr mitteilte, dass man die Leiche ihres Mannes gefunden habe, zeigte sie sich fassungslos und legte schnell auf.

3 Wenige Minuten später traf die Frau am Tatort ein und brach in Tränen aus, als sie ihren toten Mann auf dem Rasen liegen sah.

4 Sherlock dachte eine Weile konzentriert nach, bevor er zu den Polizisten sagte:

Wie kam Sherlock Holmes zu diesem Schluss?

Das moderne Zeitalter 19.–21. Jh. | Fantasie | Punktesystem 40 Punkte | Niveau / mittel

Die Tagespresse

Zu Beginn des 20. Jahrhunderts kam es zu einer großen Revolution in der Welt der Presse. Dank des Telegrafen und des Telefons konnte man Informationen aus anderen Teilen der Welt erhalten und dann schnell in den Zeitungen veröffentlichen. Die Menschen warteten sehnsüchtig auf Nachrichten, weshalb Zeitungen zu einem so wichtigen Produkt des täglichen Bedarfs wurden wie Brot und Milch.

Ein kostenfreier Dienst

Don Magín war ein älterer Herr, der mit seinem besten Freund Bruno zusammenlebte. Sein liebster Zeitvertreib war es, jeden Tag die Zeitung zu lesen und dabei ein reichhaltiges Frühstück zu genießen. Da es jedoch keinen Lieferdienst nach Hause gab, übernahm Bruno die Aufgabe, jeden Morgen die Zeitung zu holen.

1 Während Don Magín das Frühstück machte, lief Bruno jeden Tag zum Kiosk um die Ecke, um die Zeitung zu holen.

2 In weniger als fünf Minuten kam Bruno mit der Zeitung zurück und klingelte an der Tür, damit man ihm aufmachte.

3 Als Don Magín ihm die Tür öffnete, reichte Bruno ihm fröhlich seine Zeitung.

4 Viele Jahre lang kam Bruno seiner Aufgabe gewissenhaft nach. Sogar am Wochenende und an Regentagen ging er die Zeitung holen. Dennoch gab Don Magín ihm nie Geld für diesen Dienst.

WARUM HAT ER IHM NICHTS GEZAHLT?

DAS MODERNE ZEITALTER 19.–21. JH. | LOGIK | PUNKTESYSTEM 50 PUNKTE | NIVEAU / SCHWIERIG

Die großen Shows

Zu Beginn des 20. Jahrhunderts gab es einen Zauberer namens Houdini, der die Magie der Wandermärkte in große Theaterspektakel verwandelte. Er konnte sich von Ketten und Vorhängeschlössern befreien, eine Zwangsjacke öffnen oder seine Hände losbinden, während er in ein Wasserbecken getaucht war. Über seine Fähigkeiten kursieren viele Legenden, darunter auch die des folgenden Rätsels.

DIE PFORTEN DES TODES

Der Besitzer des großen Pariser Theaters, in dem Houdini auftreten sollte, stellte ihm eine sehr schwierige Aufgabe, um die Neugier der Öffentlichkeit zu wecken. Zur Abwechslung sollte Houdini nicht in Ketten liegen, sondern in einen Raum gehen, den er nur unter Todesgefahr verlassen konnte!

1 Diesmal sollte sich Houdini nicht von Ketten befreien. Er wurde in das Zimmer der »Pforten des Todes« geführt, in dem nur zwei geheimnisvolle Türen zu sehen waren.

2 Die Erste führte in einen Raum, in dem überall Vergrößerungsgläser verlegt waren. Die Sonne schien durch sie hindurch und erzeugte eine solche Konzentration von Licht und Hitze, dass jeder, der den Raum zu durchqueren versuchte, verbrannt wurde.

3 Hinter der zweiten Tür lauerte ein hungriges Raubtier, das schon seit vielen Tagen ungeduldig auf seine Fütterung wartete.

4 Zum Erstaunen aller gelang es Houdini dennoch, wohlbehalten das Zimmer mit den »Pforten des Todes« zu verlassen, ohne von der Sonne verbrannt oder vom hungrigen Raubtier gefressen zu werden.

WELCHE TÜR WÄHLTE HOUDINI, UM ZU ENTKOMMEN?

DAS MODERNE ZEITALTER 19.–21. JH.

LOGIK

PUNKTESYSTEM 30 PUNKTE

NIVEAU / MITTEL

Der Zweite Weltkrieg

Im Zweiten Weltkrieg konnten die Nationalsozialisten mit der von ihnen erfundenen »Enigma«-Maschine über verschlüsselte Nachrichten kommunizieren. Bis es polnischen Kryptographen gelang, die Codes zu entschlüsseln, sodass zahlreiche Angriffe der NS-Truppen abgewehrt werden konnten.

DIE POLNISCHEN RÄTSEL

Marek war ein Kryptograph des polnischen Widerstandes gegen die Nationalsozialisten, für den auch Ania Anders arbeitete, die Tochter des bedeutenden polnischen Geschäftsmanns Jan Anders. Ania war für die Überwachung von Personen zuständig, die verdächtigt wurden, den Nazis zu helfen. Für diese wichtige Arbeit brachte ihr der erfahrene Kryptograph einen einfachen Code bei.

1 Marek erklärte ihr ausführlich, wie der Geheimcode funktionierte.

Teilen Sie zuerst das Alphabet in zwei Reihen ein: von A bis M und von N bis Z.

A	B	C	D	E	F	G	H	I	J	K	L	M
N	O	P	Q	R	S	T	U	V	W	X	Y	Z

Ersetzen Sie dann jeden Buchstaben der erhaltenen verschlüsselten Nachricht mit dem Buchstaben, der direkt darüber oder darunter liegt. Marek würde man z. B. wie folgt schreiben:

Z N E R X

2 Ania war eine hervorragende Spionin, denn dank ihres Vaters, Jan Anders, kannte sie viele Leute und wurde von niemandem verdächtigt.

3 Eines Morgens ging Ania zu dem gewohnten Versteck, um eine verschlüsselte Nachricht abzuholen.

4 Doch als Ania sie entziffert hatte, wurde sie blass und rief:

Was störte Ania an der Nachricht?

Das moderne Zeitalter
19.–21. Jh.

Logik

Punktesystem
40 Punkte

Niveau / mittel
★★★★★★

Die Ära des Internets und Weltalls

Seit den 1980er-Jahren hat die große digitale Revolution unser Leben verändert. Durch Datenautobahnen sind wir alle miteinander verbunden, können Informationen austauschen und sofort und direkt miteinander in Kontakt treten. Die nächste Herausforderung besteht darin, eines der spannendsten Rätsel der Geschichte zu lösen: das Leben im Weltraum.

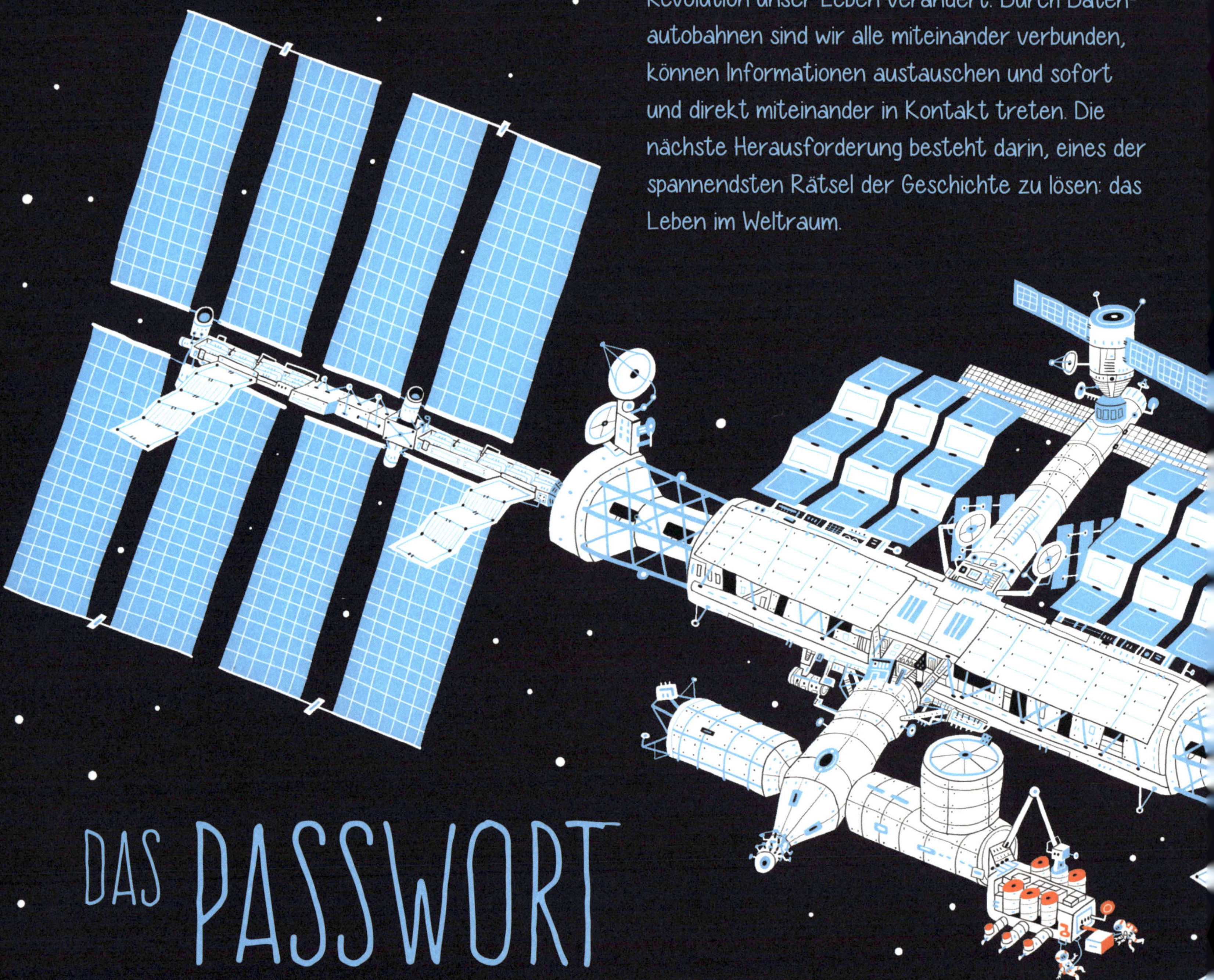

Das Passwort

Bei der Internationalen Raumstation haben sowohl die Mitarbeiter auf der Erde als auch die Astronauten im All ein persönliches Passwort, um auf ihren Computer zuzugreifen. Wird es dreimal falsch eingegeben, sperrt sich der Computer, und es wird ein neues, automatisches Passwort erstellt. Genau das passierte eines Morgens der Astronautin Celeste.

1 Kommandantin Celeste rief die Abteilung für IT-Support an, um ihnen mitzuteilen, was geschehen war.
Hallo, hier ist Celeste von der ISS (Internationale Raumstation). Mein Passwort war falsch.
2 Man kontaktierte sie vom Raumfahrt-Kontrollzentrum auf der Erde und gab ihr die neuen Anweisungen durch ...
Keine Sorge, Kommandantin, es ist jetzt anders.
3 Worauf Celeste erleichtert antwortete:
Großartig, vielen Dank! Over and out!
WIE LAUTET DAS NEUE PASSWORT VON CELESTE?

LÖSUNGEN

RAUB UNTER NEANDERTALERN

Den Mann, dessen Bart wie eine Flamme aussah, das »Feuergesicht«, wie der Junge ihn beschrieb.

DIE JAGD NACH BEUTE

Es gibt ungefähr einen Vollmond pro Monat. Zwei Monate später war der Fluss im Norden zugefroren und der Jäger konnte ihn zu Fuß überqueren.

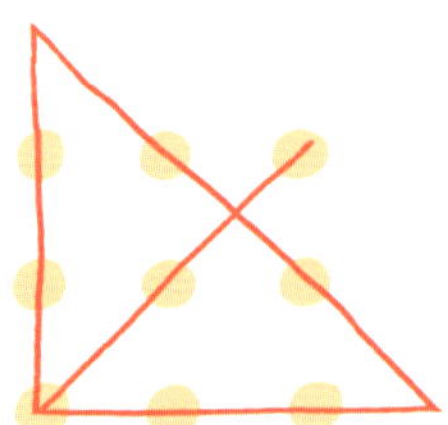

DAS RÄTSEL DER NEUN MENHIRE

Sie entdeckte, dass man mit dem Seil alle Menhire miteinander verbinden kann, wenn man sich etwas vom Tempelgelände entfernt.

UMGEHUNG DES GESETZES

Er verkaufte die jungen Maultiere und nahm die alten mit. Deshalb war ihr Gang beim Verlassen der Stadt so langsam und müde.

DIE WAHL DES PHARAOS

Er hat sie wegen ihrer Ehrlichkeit ausgewählt. Er gab den Kindern einfache Töpfe, die nur mit Erde gefüllt waren. Alle dachten, dass sie mit Samen gefüllt seien, doch als nichts wuchs, pflanzten sie selbst etwas. Mit Ausnahme des Mädchens, das nichts gepflanzt hatte.

DIE INTELLIGENTESTE PERSON

Als er auf dem Boden lag, bat Aspasia ihn, die Knie anzuwinkeln, um ihn von Kopf bis Fuß bedecken zu können.

DER VEREHRER

Hätte Hao das Papier auf den Kopf gedreht, hätte er gesehen, dass »Li« auch eine »17« ist.

DAS ELIXIER DES DRUIDEN

Wacholderbeeren → Eirin
Eisenkraut → Ydris
Johanniskraut → Brian
Minze → Neil
Beifuß → Maere

DAS PFERD DES KAISERS

Im Glas war nur noch ein Zettel, auf dem SCHULDIG stand, also dachten alle, er hätte den Zettel mit der Aufschrift UNSCHULDIG verschluckt.

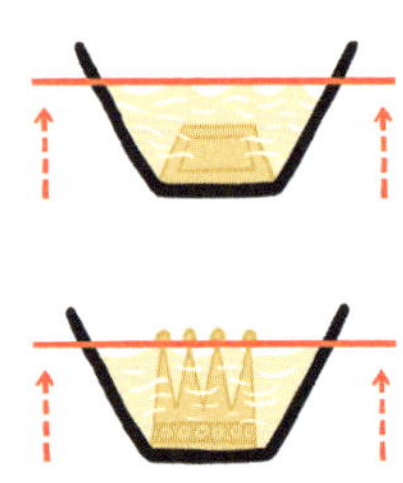

DAS GEWICHT DER KRONE

Hätten der Barren und die Krone das gleiche Gewicht gehabt, wäre das Wasser auf denselben Stand gestiegen.

DIE BARBAREN KOMMEN!

Vier: Das Losungswort ist die Anzahl der Buchstaben der Zahl, die die Wächter rufen.

DIE LEHREN VON ROBIN HOOD

Will zeigte nach Norden, Marion und Much nach Osten und Little John nach Süden.

LÖSUNGEN

WER WAR FRAU LISA?

Lisa Gherardini

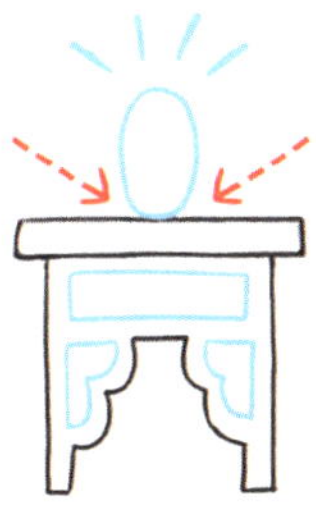

DAS EI DES KOLUMBUS

Kolumbus bat um ein hartgekochtes Ei, um den Boden des Eies mit der Hand zerdrücken und es aufrecht hinstellen zu können.

DER KAKAO DES MOCTEZUMA

Zur Herstellung von Kakao wurden die Samen zunächst zu Pulver gemahlen. Da die Frau das Wasser noch nicht hinzugefügt hatte, verschüttete sie nur etwas Pulver.

FLUCHT IN DEN WILDEN WESTEN

Das Rad, das sie vor den Wagen rollen sahen, war das Ersatzrad, das sie immer dabei hatten.

EIN SINTFLUTARTIGER REGEN

Clark hatte eine Glatze.

DIE JUWELEN DER KÖNIGIN

Damit jemand Schatten werfen kann, muss es Licht geben. In jener Nacht gab es keinen Mond, es regnete, und die Lichter des Palastes waren aus.

VERSTANDEN?

Hätten sie die Anweisungen richtig befolgt, hätten sie nicht mit dem Gesicht, sondern mit dem Rücken zueinander gestanden.

DIE ERFINDUNGSGABE EDISONS

Mit einem Streichholz und einer Kerze füllte er den ganzen Raum mit Licht aus.

EIN ELEMENTARER FALL

Die Frau eilte zum Tatort und gab Sherlock keine Zeit, ihr die Adresse zu sagen. Also wusste sie, wo die Leiche lag.

EIN KOSTENFREIER DIENST

Bruno war Don Magins Hund.

DIE PFORTEN DES TODES

Die erste Tür, weil er auf den Einbruch der Dunkelheit wartete. Nachts konnte ihn die Sonne nicht mehr durch das Glas verbrennen.

DIE POLNISCHEN RÄTSEL

In der verschlüsselten Nachricht stand der Name ihres Vaters.

DAS PASSWORT

Das ursprüngliche Passwort lautete »falsch« und das aktuelle »anders«.

LÖSUNG: 10 GEGENSTÄNDE, DIE NICHT IHRER ZEIT ENTSPRECHEN. BENUTZE EINEN SPIEGEL, UM SIE ZU LESEN.

FLUGZEUG (1900 ERFUNDEN) .... S. 13
UHR (1656 ERFUNDEN) .... S. 18
TASCHENRECHNER (1642 ERFUNDEN) .... S. 20
BLEISTIFT (1792 ERFUNDEN) .... S. 22
RADIO (CA. 1910 ERFUNDEN) .... S. 31
MICKYMAUS (1928 ERFUNDEN) .... S. 36
U-BOOT (1888 ERFUNDEN) .... S. 39
ZAUBERWÜRFEL (1974 ERFUNDEN) .... S. 40
PARABOLANTENNE (1960 ERFUNDEN) .... S. 43
MOBILTELEFON (1973 ERFUNDEN) .... S. 54

Originalausgabe unter dem Titel *ENIGMAS – desafía tu mente con 25 historias de misterio* erschienen bei:
© Zahori Books, Sicilia, 358 1-A · 08025 Barcelona
www.zahoribooks.com

Für die deutsche Ausgabe:
Produktmanagement: Mareike Weber
Übersetzung: Svenja Tengs
Lektorat und Satz: Clemens Hoffmann
Umschlaggestaltung: Andreas Kersten
Herstellung: Bettina Schippel, Kathleen Baumann
Printed in Slovenia by GPS Group P.E.
ISBN 978-3-8411-0264-5

MIX Papier aus verantwortungsvollen Quellen FSC® C118234

Die Deutsche Nationalbibliothek verzeichnet diese Publikation in der Deutschen Nationalbibliografie; detaillierte bibliografische Daten sind im Internet über http://dnb.d-nb.de abrufbar.
© 2022 Christophorus Verlag in der Christian Verlag GmbH, München
Infanteriestraße 11a, D 80797 München

Unser komplettes Programm finden Sie unter
www.christophorus-verlag.de

★★★★★
Sind Sie mit diesem Titel zufrieden? Dann würden wir uns über Ihre Weiterempfehlung freuen. Erzählen Sie es im Freundeskreis, berichten Sie Ihrem Buchhändler oder bewerten Sie bei Onlinekauf. Und wenn Sie Kritik, Korrekturen, Aktualisierungen haben, freuen wir uns über Ihre Nachricht an:
Christian Verlag,
Postfach 40 02 09, D-80702 München oder
per E-Mail an lektorat@verlagshaus.de.